了不起的風

去郊遊了，藍藍的天，青青的草，連空氣都是甜甜的。

哇，起風了。樹葉搖晃，小草點頭，水面長出皺紋，還吹起了我的裙子。

媽媽你看，我的嘴巴也能吹出風來！

泡泡
Hu~
吹紙片
Hu~
吹風車
Hu~
Hu~
吹蒲公英

難道，風住在我的肚子裏嗎？

電風扇、冷氣機、吹風機
都有風。

風也住在它們的肚子裏嗎？

大自然的風又是從哪裏來的呢？

風究竟是從哪裏來的呢？
這都是隨處飄動的空氣的作用。

空氣的身體很輕，它們時刻都在運動。不管多遠，不管多高，它們都飄浮在任何一個地方。

太陽出來的時候，空氣覺得很熱，就飛到更高的地方去了。

　　可是，到了高高的地方以後，空氣又覺得太冷了，它們還是喜歡溫暖的地方，於是又朝着熱的地方流動。

Hi！我就是了不起的風！
這樣一來一回，空氣到處跑，就形成了風啦！

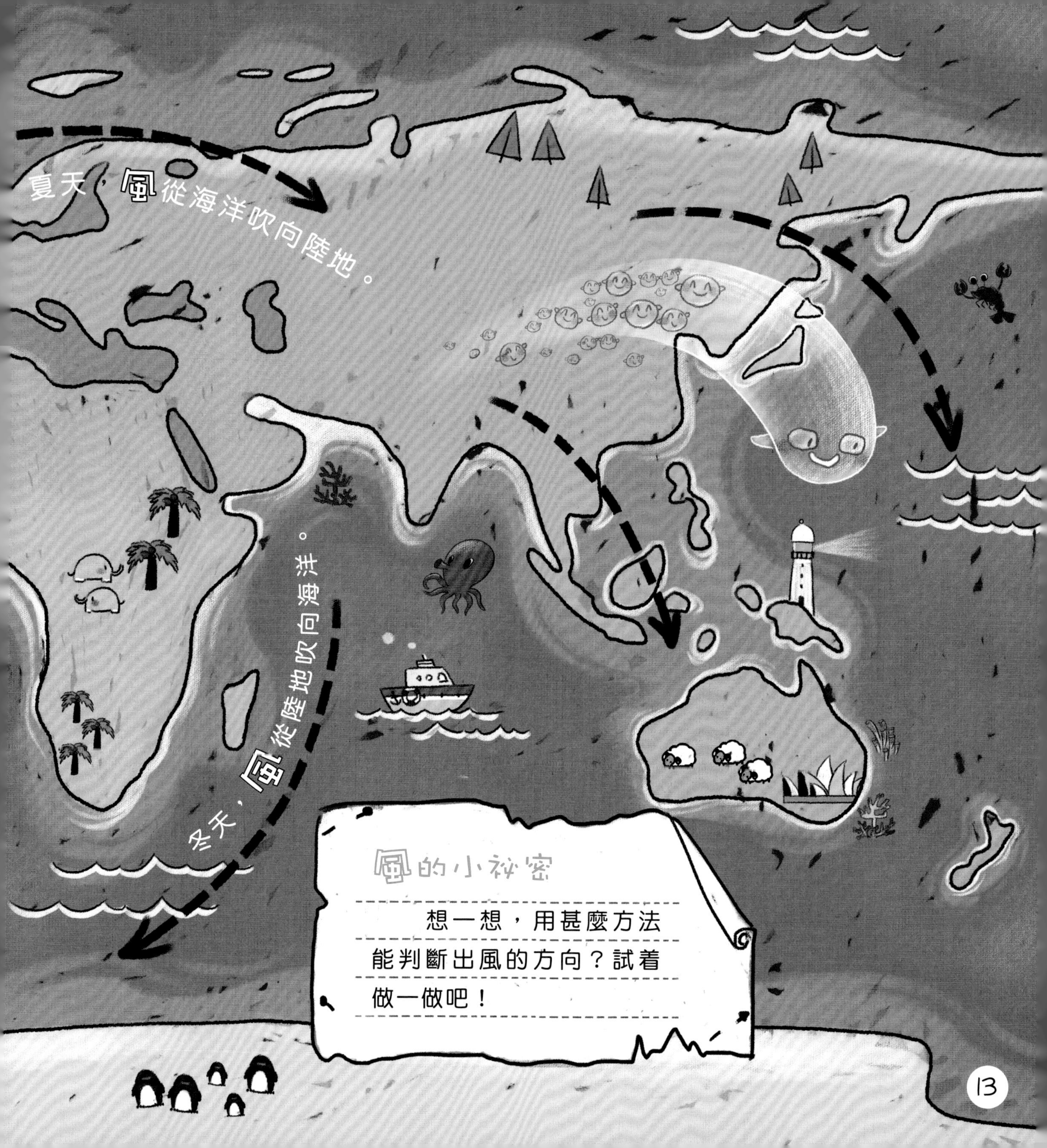
夏天，風從海洋吹向陸地。
冬天，風從陸地吹向海洋。

風的小祕密

想一想，用甚麼方法能判斷出風的方向？試着做一做吧！

風非常了不起，它能把雲朵帶到世界各地，為大地帶來雨水的滋潤。

走吧，去給乾旱
的地方降雨吧！
ASIA

風的力氣很大，能推動海水，讓海水在海洋裏旅行。

風的小秘密

海洋中向着一個方向運動的水，我們稱為洋流。有的魚會順着洋流，到溫暖的地方去生小寶寶了。

即使是堅硬的岩石，也會被大風改變樣貌。

風的小祕密

中國新疆的烏爾禾被稱為魔鬼城，這是因為大風把山丘和巨石「雕」成了千奇百怪的形狀，張牙舞爪的樣子有點可怕啊。

甚至連高山，也會因為大風的長年侵蝕而變了模樣。

風很有愛心，

它能幫助植物傳播花粉和種子，

還會和我們玩耍。

風

是人類的
好朋友，
它能幫我們
發電。

還能幫媽媽吹乾
牀單和衣服。

風一年四季都陪伴在我們身邊。

風看不見，摸不着，我們卻能感受到它。

不過，也有壞脾氣的風。
它們喜歡破壞東西，讓人們害怕。

沙粒和塵土被壞脾氣的風吹起來，有的落到田地裏，掩埋莊稼；有的停留在空氣中，把天空變得灰蒙蒙的。

真氣人，這片樹林過不去了！

為了保護珍貴的土地，叔叔阿姨在很多地方種了很多樹，這樣，要是遇到壞脾氣的風就不怕啦！

我們一起來學習兒歌，了解風力的大小吧。
零級風，
煙直上；
一級風，
煙稍偏；
沙~
沙~沙~
二級風，樹葉響；
三級風，旗子飄；
四級風，灰塵起；
五級風，起波瀾；